KB152006

삐룬다쑬의
고양이들

삐욜라숲의 고양이들

이태훈 지음

ㅎㅅㄹ북스

자연과 가까울수록 병은 멀어지고

자연과 멀어질수록 병은 가까워진다

Johann Wolfgang von Goethe

차례

✳

차례

✳

1장

8장

차례

11장

12장

1.

삐욜라숲.

　미리가 기억하는 숲은 그랬다. 울창했고 햇빛이 들어가지 못할 정도로 빽빽하게 가득했다. 들쥐들은 넘쳐났고 곤충이나 열매들도 풍성했다. 그런데 언제부턴가 삐욜라숲이 변하기 시작했다. 그 변화는 서서히 다가왔지만 충격적이었다.

포쉬.

　첫 희생자는 기억에 떠올리기도 싫은 미리의 남편이었다. 포쉬는 언제나 당당하고 늠름했다. 그가 전리품처럼 입에 물고 온 들쥐를 미리네 가족은 숭배하듯 쳐다보았다.

숲이 황폐해져 쥐들도 대부분 사라진 뒤였다. 끼니를 해결한다는 것이 어려운 때였다. 포쉬는 조심스러웠다. 코를 킁킁거리더니 쥐 주변을 맴돌기만 했다.

"이상해."
포쉬의 목소리에서 마른 모래가 서걱거리며 쏟아져 나왔다.

아이들은 쥐고기를 먹고 싶어서 아빠 옆에 붙어서 징징거렸다. 미리도 침을 꼴깍 삼켰다.

"내가 먼저 먹어보고 이상이 없으면 줄게."
포쉬는 선언하듯 말을 마치고는 먹이를 입에 물고 한적한 곳으로 갔다.

"아이들아. 아빠 말을 듣고 조금만 기다리자."
미리는 아이들을 다독거리며 참을성 있게 기다렸다.
그림자가 뒤로 조금 더 넘어갔다.

"여기 움직이지 말고 가만히 있어. 엄마가 아빠 뭐 하고 있나 살펴보고 올게."

미리는 썩은 나뭇잎이 발바닥에 붙어 떨어지지 않는 불쾌한 느낌을 받았다.

'아냐. 그럴 리 없어.'
미리는 고개를 흔들었다.

포쉬는 따뜻한 햇살을 받으며 얌전히 누워 있었다. 꼭 자는 것만 같았다. 그러나 다시는 일어나지 않았다.

전염병.

돌멩이 하나가 호수 수면 위에서 수많은 파동을 만들어 내며 커지는 것처럼, 죽음이 전염병처럼 퍼져나가고 있었지만 그 누구도 알아차리지 못했다.

카리.

포쉬가 죽고 나서 얼마 지나지 않았다. 들쥐를 먹은 카리가 또다시 목숨을 잃었을 때 뭔가 눈치챘어야 했다. 그런데 삐욜라숲 고양이들은 그저 운 없이 카리가 죽었다고 생각했다. 이런 일이 흔한 것은 아니었지만 많은 고양이들이 다양한 이유로 죽음을 맞이했기에 삐욜라숲 고양이들은 저마다의 슬픔을 각자의 가슴에 묻을 수밖에 없었다.

퓨츠.

달리기라면 생선 먹기보다 더 좋아하는 그가 죽었을 때, 그러니까 마을에 내려가 음식을 얻어먹었던 퓨츠가 죽었을 때에는 정말 이상한 낌새를 알아챘어야 했다.

그런데 삐욜라숲에 사는 고양이들은 아무도 그 이유를 알려고 하지 않았다. 포쉬와 카리에게 그랬던 것처럼 퓨츠도 어쩌다 운 없이 죽은 고양이로만 기억되었다. 이삼일 가족들과 함께 슬퍼하다 이내 기억 속에서 지워내고 말았다.

슬퍼하는 것보다 남아있는 가족, 그리고 자신이 하루하루 살아가는 것이 더 급하고 소중했다. 냉정하게 보여도 어쩔 수 없었다. 고양이들은 더 이상 다른 가족, 다른 고양이들의 시선을 신경쓰지 않게 되었다.

숲은 그날 이후 심각하게 자신의 모습을 잃어버리기 시작했다. 햇빛은 점점 더 삐욜라숲 깊숙이 들어왔고 많은 새들이 새로운 곳으로 떠나갔다.

자동차 언덕.

이곳은 퓨츠가 죽은 뒤로 남아있던 가족이 살고 있는 곳이다. 숲 아래의 야트막한 언덕에 있던 버려진 자동차가 그들의 집이다. 미리는 이 언덕에서 개망초꽃이 활짝 피는 봄에 친구들과 술래잡기를 하기도 했다. 나비와 벌이 날아들었고 가을이 되면 메뚜기와 풀벌레들이 풀쩍풀쩍 뛰어다녔다. 이 언덕은 고양이들에게 또 하나의 놀이동산이었으며 식량창고였다.

개망초꽃.

　어느 날 사람들이 와서 무언가를 뿌리고 갔다. 개망초꽃은 고양이들이 높이뛰기를 해도 들키지 않을 만큼 높이 자랐었는데 사람들이 왔다 간 뒤로 모두 죽어 땅바닥에 곤두박질쳐졌다. 배고플 땐 개망초꽃도 좋은 식사였는데 이제는 어디에도 싱싱한 개망초꽃을 볼 수 없다.

사람들.

　자동차 언덕에 사람들이 다녀갔다. 사람들은 나중에 식량이 될 거라며 언덕에 무언가를 심었다. 그리고 못된 벌레들이 먹으면 안 된다며 뭔가를 뿌려댔다. 알고 보니 벌레를 죽이는 약이라 했다.

　한쪽 구석에는 사람들이 타고 다닌다는 자동차도 버려졌다. 자동차는 날이 갈수록 녹이 슬고 색이 바랬는데 이후 고양이 가족이 들어가서 살기 시작했다. 낡고 바랬지만 자동차는 비와 바람을 막아주었고 솔개 같은 큰 새들로부터도 안전하게 지켜주었다. 자동차는 고양이에게 정말 좋은 집이 되었다.

    고양이들은 그 언덕을 자동차 언덕이라고 부르기 시작했
다. 다만 자동차 언덕에는 더 이상 나비와 메뚜기가 살지 못
했다.

2.

쨍.

햇살이 유리처럼 빛났다.

빛보다 빠른 햇살들이 삐욜라숲 구석구석까지 환하게 비추었다. 적어도 귀엽고 작은 고양이 미리를 빼고는 그랬다.

미리는 고통을 참으면서 입을 꽉 다물었다. 어떤 경우에도 자식들에게 아픈 사실을 말할 수 없었다. 아무렇지도 않은 척 숨기는 일이 생각보다 어려웠다. 숨쉬기가 어려워져 질긴 풀잎을 먹는 점심 식사처럼, 말도 꼭꼭 씹어 삼켜야 했다.

돌멩이병.

무서웠다.

가슴에 돌멩이 하나가 턱 얹힌 것 같다고 해서 붙여진 이 병은 생각만 해도 온몸을 두르고 있는 털 한 올 한 올이 고슴도치 바늘처럼 뾰족하게 솟아올랐다.

"가슴이 좀 답답해."

증상은 그렇게 시작되었다.

"뭘 잘못 먹었나?"

미리는 대수롭지 않게 넘겨 버렸다.

그러나 뭘 잘못 먹은 것 같은 횟수가 하루 이틀 늘어나면서 뭔가 이상하다는 느낌을 떨쳐 버릴 수 없었다. 가슴을 누르는 부위는 그다지 늘어나지 않았지만 가슴을 누르는 압박은 더 심해졌다.

도저히 참지 못하고 고통을 호소할 지경이 되면 어느 순간

피를 토하며 문득 죽음과 마주하고 말리라. 잘 있으라, 잘 가겠다, 그런 인사조차 사치가 되고 마는 갑작스런 죽음 앞에, 남겨진 가족들은 뭔가 문제가 생겼다는 걸 알아채지만 어느새 무대는 막을 내리고 불도 꺼져버린 상태가 되고 말 것이다.

말이 돌멩이병이지 커다란 바위 덩어리가 가슴을 짓누르는 것 같은 통증에, 미리는 끄윽끄윽 신음소리도 제대로 내지 못했다.

물안개.

삐요리호수의 물안개 같았다. 앞을 알 수 없는 물안개였다. 숲을 감싸고 있는 불안한 기운이 삐요리호수의 새벽 물안개와 같았다. 물안개는 아름다웠지만 정체를 알 수 없을 만큼 모호했다. 앞발을 내밀어 아무리 휘저어도 꼬리를 잡을 수 없었고, 혀를 내밀어 낼름낼름 맛을 보려 해도 결코 향기를 풍기지 않았다.

삐요리호수는 고양이들이 결코 건너갈 수 없는 절대적인

거대함의 상징이었는데, 물안개는 순식간에 호수 전체를 장악했다. 소리 없이 둔덕으로 올라갔고, 결국엔 나무와 길마저도 모두 하얗게 삼켜 버렸다. 대적할 수 없는 하얀 물안개를 만나면 고양이들은 움찔움찔 뒷걸음질을 쳤다.

색.

 물안개가 흰색이라면 돌멩이병은 검은색이다. 물안개가 앞을 알 수 없는 불안을 준다면, 돌멩이병은 앞을 알 수 없는 공포를 주었다. 돌멩이병이 물안개처럼 직접 색깔로 드러나진 않았지만 돌멩이병을 색깔로 표현한다면 검은색이 분명했다. 아무도 다른 색깔을 감히 상상하지 못했다..

3.

볼리타족.

　주인은 당연히 볼리타족 고양이들이었다.

　삐욜라숲에 사는 고양이들은 자신이 삐욜라숲의 주인이라는 생각에는 변함이 없었다.

　고양이들은 삐욜라숲의 먹이사슬 가장 높은 곳에서 모든 생명체를 통제했다. 삐욜라숲에는 고양이와 먹이 경쟁을 할 멧돼지도 없었고 삵이나 오소리도 없었다. 숲에서 가장 높은 당당소나무의 가장 높은 나뭇가지의 주인은 당연히 삐욜라숲의 우두머리가 차지했다. 오후의 나른한 햇살이 내리비추면 볼리타족 고양이들은 흰색 털이 노오란 황금색으로 변했다.

삐욜라새.

삐요삐요 하며 우는 삐욜라새가 많이 산다고 사람들은 삐욜라숲이라 불렀지만 이름이야 어떻든 삐욜라숲의 주인은 고양이들이었다. 삐욜라숲에 사는 볼리타족 고양이들은 할아버지의 할아버지, 그 위의 또 할아버지 때부터 이곳에서 태어나고 살다 죽었다.

주인.

그런데 언제부터인가 돌멩이병이 과감하고 당당하게 주인처럼 행세하기 시작했다. 원래 주인으로 살았던 볼리타족을 쫓아내고 돌멩이병이 주인이 된 것처럼 보였다. 고양이들은 돌멩이병 앞에서 허리를 곧추세우지도 못하고 마주 서서 바라보는 것도 어려워했다. 그들은 물안개처럼 형체를 알 수 없는 거대한 존재와 싸워야 하는 작은 고양이에 불과했다.

하지만 일주일 내내 쏟아져 내린 폭우로 삐요리호수가 범

람하던 날, 바람에 집이며 먹이가 몽땅 사라졌던 작년 여름 홍수 때도 이를 악물고 견디며 살아남은 볼리타족 고양이들이 아니었던가.

빗줄기는 고양이들의 살갗을 아프게 때렸고, 돌멩이는 묵직하게 위에서부터 내리눌렀다. 눈에 보이는 돌멩이는 잽싸게 피할 수 있었지만 돌멩이병은 결코 피할 수 없었다.

그리고 한때는 가장 용맹했던 볼리타족이 이제는 발에 차이는 돌멩이 같은 병에 모조리 꼬리를 내리고 도망치고 있었다.

4.

돌팔이 의사.

미리는 서슴지 않고 망치를 그렇게 불렀다.

아직도 지난 여름을 생각하면 화가 치밀었다. 여름 장마가
막 끝났을 때였다. 막내 소리가 감기몸살을 앓았다. 콧물에
기침까지 해대었다. 온몸이 불덩어리처럼 뜨거웠다. 미리는
밤새 앓아 축 늘어진 소리를 데리고 아침이 밝자마자 망치 의
사를 찾아갔다.

망치.

　그는 삐욜라숲에 있는 단 한 명의 의사였다.
　망치는 부모님한테 물려받은 지식으로 주변 과일이나 약초를 사용해 치료했다.

　그러나 그의 처방을 믿는 고양이들은 별로 없었다. 사실 그에게 치료를 받은 고양이들은 대부분 흔적 없이 나았다. 그러나 그들은 입을 다물었다. 그리고 빨리 낫지 않았거나 더 나빠지는 것을 경험한 몇몇 고양이에 의해 망치에 대한 나쁜 소문이 퍼져갔다.

　좋은 이야기보다는 나쁜 이야기가 널리 퍼져있었고 망치는 그의 노력과 결과에 비해 좋은 신임을 얻지 못하고 있었다.

산딸기.

　예상은 했지만 망치가 치료약이라며 꺼낸 것은 미리의 상상을 훨씬 뛰어넘었다. 그는 배시시 웃으면서 막 익기 시작한 산딸기를 널따란 신갈나무 잎에 담아서 한 웅큼 꺼내놓았다.

"이거면 금방 나을 거예요."

"이게 약인가요?"

"약이 될 수도 있고 아닐 수도 있습니다."

"약이면 약이고, 아니면 아닌 거지, 될 수도 있고 안 될 수도 있다니요."

의심.

미리는 의심의 구름에서 벗어나지 못했다.

"약효는 환자가 그 약을 먹고 나을 것이라는 믿음을 가질 때 진짜 약으로써 효과를 나타냅니다. 제가 구한 이 산딸기는 일반 산딸기와 조금 다른 것이기도 하고, 특별한 약 성분을 추가한 것이기도 해요. 하지만 주변에서 구할 수 있는 산딸기를 먹어도 효과가 있을 거예요. 혹시 증세가 좋아지지 않으면 다시 오세요. 제가 약을 좀 더 드릴게요."

미리의 그런 마음을 아는지 모르는지 망치는 친절하게 웃으면서 설명해주었다. 미리는 허탈한 웃음과 함께 화가 났다.

'삐욜라숲 어디면 뛰어가서 구할 수 있는 산딸기가 약이라니. 게다가 환자의 마음에 따라서 약효가 달라진다니, 그런 엉터리 말이 어디 있단 말인가. 환자의 마음과 상관없이 약은 효과를 나타내어야 그게 진짜 약이 아닌가.'

 망치가 조금 다른 산딸기라고 했고 특별한 약 성분을 추가한 것이라고 했지만, 미리는 산딸기가 담긴 신갈나무 잎을 거칠게 밀치고 나와 버렸다.

확신.

 "가자."

 미리는 걸음을 서둘렀다. 땅에 흩어진 산딸기가 미리의 발에 빨간 즙을 내며 으깨졌다.

 미리는 애써 마음을 다잡았다. 이런 돌팔이 의사에게 시간을 빼앗긴다는 것이 억울할 뿐이었다. 진기한 약초나 신비한 열매를 기대했던 미리는 화가 단단히 났다. 분노가 곧 소나기를 쏟아부을 것 같은 소나기구름처럼 시커멓게 몰려왔다.

다행히 아들의 콧물은 며칠 가지 않아 이내 멎었다. 그래서 돌팔이 의사라는 확신은 더욱 굳어졌다. 약이란 게 그저 흔하디흔한 산딸기라니. 속았다는 기분은 시간이 지날수록 더욱 커졌다.

수아.

"싫어."

미리는 딱 잘라 말했다.
아픈 게 고통스럽긴 했지만 망치에게 가서 진찰을 받으라니 자존심이 허락하지 않았다. 말을 건넨 친구 수아가 오히려 미안해하며 어쩔 줄 몰라 했다.

"네 마음 잘 알아. 하지만 망치는 결코 돌팔이 의사가 아냐."
"그만둬. 더 이상 듣고 싶지 않아."
미리는 친구의 말을 잘랐다.

사실 미리는 엄마 아빠로부터 망치는 좋은 의사라는 말을 어릴 때부터 들으며 자랐다. 망치는 아버지 모츠로부터 모든 의학적 지식을 전수받았다고 했다. 소문으로는 그가 의학에 천부적인 재능을 나타내었고, 어릴 때부터 병원 놀이를 하며 아기 고양이들을 잘 치료했다고 한다. 망치가 큰 인물이 될 거라며 칭찬이 자자했었다는 얘기도 들었다. 무엇보다 미리의 엄마는 망치 때문에 살아났다. 바위에서 떨어져 다리를 크게 다쳤는데 망치가 준 풀잎으로 다리를 싸매고는 단번에 나았다.

항복.

"가자."

미리는 힘없이 친구 수아에게 말했다.
미리는 어제 똥을 누고 나서 땅에 파묻으려고 하다가 똥에 피가 묻어 있는 것을 보았다. 피까지 나오다니. 이제 거의 막바지에 몰리고 말았다는 생각이 들었다.

아침이 되자마자 미리는 친구 수아를 불렀다.

"혼자서는 도저히 못 가겠어."
"그래. 내가 함께 가줄게. 너무 걱정하지 마."

미리는 천천히 걸었다.
수아도 미리의 발걸음에 맞추어 천천히 발걸음을 옮겼다.

멈춤.

"만약에 말이야."

미리가 문득 걸음을 멈추었다.
멈춘 길에서는 풀냄새가 났다. 휘잉 바람이 살짝 스쳐 지나
갔다. 가지 끝에 매달린 나뭇잎 하나가 살랑거리며 땅으로 내
려앉았다. 조용하고 평화로웠다. 멀리서 꾀꼬리의 울음소리
가 처연하게 들려왔다.

5.

내가 죽으면.

….
"내 새끼들을 돌봐줄 수 있지?"

수아의 걸음이 자석에 붙들린 쇳가루처럼 그 자리에서 딱 멈추었다. 목울대를 넘어 침이 꿀꺽 넘어가는 소리가 천둥처럼 크게 들려왔다.

"대답해 줘. 안 그러면 한 걸음도 움직이지 않을 거야."

미리는 아예 주저앉아 버렸다.

"걱정하지 마. 내 새끼들처럼 돌봐줄게. 이제 됐지?"

수아의 대답이 나뭇잎 사이로 여리게 실려 왔다.

미리는 엉거주춤하니 간신히 일어섰다. 다리가 후들거려 제대로 걷는 게 힘들었다. 수아의 대답이 없었다면 결코 일어서지 못했을지 모른다.

형벌.

"봅시다."

망치는 여전히 웃고 있었다. 그것은 묘한 편안함이었다. 그 사이에 조금 더 늙었는지 회색빛 털이 많이 보였다.

미리는 바싹 말라버린 입술을 불안하게 핥았다.

"돌멩이병이지요?"

미리는 확신하고 있었다. 그러나 그녀의 말은 뜬구름처럼 잡히지 않고 물안개처럼 새하얗게 몰려왔다 서둘러 돌아갔다. 미리는 몹쓸 죄를 지은 것처럼 고개를 숙였고, 진짜 큰 죄를 지었다는 자각이 들었다.

'나는 죄를 지었어. 씻을 수 없는 죄를 지었어. 돌멩이병은 그에 따른 형벌이지.'

눈에 보이지 않는 올가미가 목을 조여 왔다.

째깍째깍 시침 분침도 없는 시간이 구름처럼 흘러갔다. 그러다 갑자기 죽음의 시간이 눈앞에 딱 도착할 것만 같았다. 따분한 오후처럼 긴 시간이었다.

수아가 망치 의사를 쿡 찔렀다.

생명.

"그렇게 보입니다. 하지만 그렇다고 그렇게 나쁘지는 않습니다. 미리 겁먹고 절망할 필요는 없습니다. 충분히 고칠 수 있는 병입니다."

망치 역시 확신하듯 말을 내뱉었다. 그의 목소리는 봄바람처럼 부드러웠고 생명을 소생시키는 리듬을 타고 있었다.

망치는 돌멩이병이라고 단언하지 않았지만, 아니라고 선을 긋지도 않았다.

희망.

으읍. 미리는 입술을 깨물었다.

"슬픔을 참을 필요는 없습니다.
이 병은 절망하면 낫기가 힘들어집니다. 환자의 믿음에 따라 약효가 달라지는 것과 같은 이치입니다. 희망을 가지세요."

미리는 미친 듯이 방을 뛰쳐나왔고 수아가 처방전에 적힌 설명을 듣고 뒤따라 나왔다.

절망.

　미리는 망치 의사의 말을 되뇌었다.
　앞뒤 말은 다 사라지고 미리의 머릿속에 '절망'이라는 두 글
자만 메아리쳤다.

　'이 병은 절망적인 병이야.'

　그렇게 소리치고 있는 듯했다. 미리는 귀를 틀어막았지만
소리는 점점 커져만 갔다. 망치가 웃으면서 손가락질을 하는
것 같았다.

　돌멩이병에 걸린 고양이들은 대부분 두 달을 채 넘기지 못
했다. 병 이름을 모를 때는 천천히 진행되던 것이 진단을 받
고 나서부터는 왜 그리 빠르게 나빠지는지 모를 일이었다. 미
리는 극도의 공포에 휩싸였다.

전염병.

　죽음의 속도는 생각보다 빨랐다. 삐욜라숲에 불어닥친 돌

멩이병은 전염병처럼 번져나갔다. 긴급 장로회가 소집되었고 조사위원회가 구성되었다. 조사위원회에 전문가 자격으로 불려 간 망치는 처음 보는 병이긴 하지만 충분히 고칠 수 있다고 했다. 특히 먹는 걸 조심해야 한다고 했다. 환자들의 정신적인 안정이 필요하다고 했다.

조사위원회에서는 돌멩이병은 전염병이 아니라고 발표했지만 그걸 믿는 고양이들은 없었다. 서로를 의심했고 기침소리만 들어도 깜짝 놀라 멀리 도망치기에 바빴다. 누구를 원망할 수도 탓할 수도 없는 일이었다.

아아, 미리는 곧 죽을 것 같았다. 산다는 것은 지나친 과장이고 이내 자신이 없어졌다. 죽음의 사자가 빠른 걸음으로 달려오는 것만 같았다.

어제도 타스가 길거리에서 빳빳하게 죽었다.

6.

통곡.

하염없이 울었다.

벽을 뚫고 바위를 깨뜨릴 것처럼, 눈물은 분노와 함께 해일
처럼 몰려왔다. 남편 포쉬가 돌멩이병으로 죽었을 때도 이렇
게 절망하지 않았다. 아들과 딸이 있어서였을까.

한 번도 본 적도, 믿어본 적도 없는 하늘의 신을 붙들고 늘
어졌다. 왜 이런 고통을 주냐고. 누가 이런 슬픔을 허락했냐
고. 이제 나마저 죽고 나면 저 어린 것들은 어떻게 되냐고.

눈물.

엉엉. 창피한 것도 몰랐다.

미리는 눈물을 폭포처럼 쏟아내었다. 조그마한 고양이 몸에서 그렇게 많은 눈물이 나올 수 있다는 사실을 미처 알지 못했다. 어디에 그런 눈물샘이 숨어 있었는지 눈물은 하염없이 흘러나왔다.

수아가 옆에서 앞발로 등을 토닥거려주었지만 그것으로는 아무것도 해결되지 않았다

"걱정하지 마. 망치가 돌팔이 의사라는 건 다 아는 사실이잖아. 아마 망치는 어디에 돌멩이가 생겼는지도 모를 거야."

사람 사는 곳.

아니. 미리는 알고 있었다.

위험을 무릅쓰고 사람이 사는 곳에 들어가 음식을 구한 친구들은 모두 돌멩이병에 걸렸다. 이 사실은 모두가 입 밖에 꺼내기 싫어하는 말이었다. 아니, 싫어하는 것이 아니라 두려

워하는 말이 되었다.

그런데 아직도 사람이 사는 곳으로 내려가는 고양이들이 많다. 알면서도 어쩔 수 없는, 알면서도 쉬쉬 하며 감추기에 급급한 고양이들이 스스로 불러들인 병이 돌멩이병이었다. 사람들이 먹고 남긴 음식 찌꺼기를 먹으면 안 된다고 망치가 계속해서 말했지만 고양이들은 그를 외면했다.

"그게 돌멩이병과 무슨 상관이 있다고 그래? 있다면 증명해봐! 아니면 그딴 소린 집어치워!"

고양이들의 자기방어적인 외침은 거셌다. 망치는 입을 다물었다. 그는 설득력이 부족한 돌팔이 의사였다. 다만 어쩌다 찾아오는 환자들에게만 비밀처럼 살짝 알려주었다.

"인간들이 주는 음식을 먹지 마세요. 병을 더 악화시킨답니다."

하지만 이미 사람들이 주는 음식 맛에 길들여진 고양이들은 쉽게 발길을 돌리지 못했다.

7.

가족.

  미리는 망치에게 병 이름을 듣자마자 이 단어를 떠올렸다. 그러나 가족이라는 이름은 썰물에 형체를 잃어버리는 모래알처럼 사라졌다. 미리는 속울음을 삼키며 가족을 위해 어쩔 수 없는 선택이었다고 항변했다. 억울했다.

  삐욜라숲에서 먹이를 구한다는 것은 더 이상 불가능한 일이었다. 고양이들은 하나둘 사람이 사는 마을로 내려가서 음식을 구해왔다. 미리는 처음부터 마을로 내려가는 것이 내키지 않았다. 사람이란 믿을 수 없는 종족이라고 생각했지만 죽은 쥐가 널려 있는 이 숲도 더 이상 안전하지 않았다.

아픈 고양이들도 분명히 사람 사는 마을에 가서 무언가를 먹은 게 분명했다. 배가 너무 고프면 잘게 나누어서 먹긴 했지만 그럴 때면 꼭 배탈이 났다. 설사를 할 때도 있었고, 하루 종일 배앓이를 할 때도 있었다. 포쉬도 떠나고 아이들이 커가자 미리에게 하루하루는 더욱 힘들게 다가왔다.

마을.

사람들이 사는 곳을 마을이라 불렀다. 미리는 처음 '마을'이라는 이름을 듣고는 '삐욜라'만큼 기분이 좋았다. 첫 느낌은 그랬다. 약간의 설렘, 약간의 신비로움이 섞인, 어떤 기대하지 못했던 일이 일어날 것만 같은 그런 예감이 들기도 했다.

처음 마을이란 곳을 내려가던 때가 생각났다. 그곳은 숲속보다 분주했다. 사람들은 무엇이 바쁜지 계속 왔다 갔다 했다. 신기하긴 했지만 사람들이 사는 마을이 따뜻하다는 느낌은 받지 못했다. 우중충한 회색 건물들이 목을 조르듯 답답하게 서 있었다.

아파트 나무.

　마을에서 처음 간 곳은 회색빛 건물이 숲처럼 가득한 곳이었다. 삐욜라숲에 있는 어떤 나무보다도 키가 컸다. 아파트라 불렸는데 그곳 사람들은 먹고 남긴 음식을 봉지에 담아 쉼 없이 밖으로 가지고 왔다.

　미리는 자동차 언덕에서 봉지를 본 적이 있었다. 먹을 수도 없었고 역겨운 냄새가 나며 땅에 묻어도 썩지 않았다. 가지고 놀기에도 재미가 없었다. 자동차 언덕에 박힌 비닐봉지는 천덕꾸러기로 변해 있었다. 그런데 아파트에서는 여기에 음식을 넣어 보관하였다. 그것이 모두 먹고 남은 것이라 했다.

　도대체 음식을 남긴다는 것이 말이나 되는가. 게다가 그것을 버린다니 도대체 이해할 수 없는 게 사람이라고 생각했다. 그러나 사람이 버리는 음식이 없다면 삐욜라숲에 사는 고양이들은 굶어 죽을 게 뻔하다.

　미리는 함께 간 다른 고양이들로부터 음식물 쓰레기가 담긴 비닐봉지 뜯는 법을 배웠다. 앞발톱으로 봉지를 찢어도 시큼한 국물이 흐르지 않는 곳을 정확하게 찾아내야 했다. 그렇지 않으면 시큼한 국물로 목욕을 하게 된다.

도망자.

　미리는 사람이 남긴 음식을 먹으면서 부지런히 누군가가 다가오는지를 살펴야 했다. 그러다 관리인이라 부르는 사람이 나오면 꽁지가 빠지도록 후다닥 도망쳐야 했다. 관리인은 고양이들이 아파트를 냄새나게 하고 더럽힌다며 손에 불을 켜고 돌아다녔다.

플래시.

　사람들은 손에 불이 나오는 플래시라는 걸 들고 다녔다. 사람들이 플래시를 고양이 눈을 향해 쏘면 고양이들은 아무것도 볼 수가 없다. 갑자기 시각장애인이 된 것처럼 앞이 깜깜해졌다. 그러면 고양이들은 무조건 등을 돌려 반대쪽으로 뛰어 도망쳐야 한다.

　사람들은 기다란 막대기를 들고 다니면서 고양이만 보이면 내려쳤는데 상당히 아팠다. 그래서 배운 것이 재빨리 먹는 법이다.

음식이란.

식사는 냄새도 맡아가면서 천천히 배도 두드려가면서 먹어
야 한다. 삐욜라숲에서는 적어도 그랬다. 간혹 부엉이나 솔개
따위가 쥐를 넘보기는 했지만 그건 정말 가끔 그랬다.
그렇다고 사람들이 사는 마을에서 혀를 날름대며 느긋하게
즐기며 식사할 순 없었다. 언제나 '빨리빨리' 서둘러야 했다.

사람들이 가장 많이 사용한다는 이 말이 삐욜라숲 볼리타
족 고양이들의 생명을 지켜주는 단어가 될 줄은 아무도 몰랐
다. 간혹 두 마리의 고양이가 서로 망을 보며 음식을 먹을 때
도 있었다.

제일 기분이 나쁠 때는 입에 음식물을 넣은 채 도망가야 할
때이다.

닭튀김.

그 맛을 처음 보던 때를 잊지 못한다. 수아가 마을이란 곳에는 생선보다 더 맛있는 것이 있다고 했을 때 솔직히 콧방귀를 뀌었다. 생선보다 더 맛있다니. 그건 상상조차 할 수 없는 말이었다.

수아로부터 닭튀김을 처음 얻어먹던 날. 미리는 그날의 감동을 잊지 못한다. 생생한 살코기의 맛은 없었지만 알맞게 익혀진 데다 적당히 간이 밴 닭튀김은 한 마디로 환상적이었다. 끝내주는. 젊은이들 말로 죽여주는 맛이었다. 둘이 먹다 하나가 죽어도 모를, 정말 그런 음식이었다.

냄새가 주는 강렬함은 놀라웠다. 지금 먹고 있는 게 닭이라는 사실이 믿어지지 않을 정도였다. 사람들은 참 똑똑하다. 어떻게 닭을 이렇게 맛있게 만들 수 있단 말인가.

문득.

엄마가 해준 말이 갈비뼈를 뚫고 미리에게 들어왔다.

"너무 달거나 냄새가 독한 것은 피하거라."

미리는 정신없이 닭튀김을 먹고 있었다. 사실 먹을 때조차도 늘 주변에 적이 나타나는지 경계하며 신경을 곤두세워야 하는데, 그때는 이미 마음이 빼앗겨 다른 게 눈에 들어오지 않았다.

엄마.

사실 엄마가 해준 그 말이 호숫가에서 펄떡이는 물고기처럼 생각을 뚫고 튀어 올라왔을 때 미리는 잠시 먹는 걸 멈춰야 했다. 그러나 그뿐이었다. 미리는 가슴속 물결처럼 번지는 엄마의 메아리를 가슴 속에서 서둘러 지웠다.

"음, 엄마. 닭튀김은 그렇게 달지 않고, 그렇게 냄새가 독하지 않아요."

미리는 닭가슴살을 우물거리며 마음속으로 되뇌었다. 그러나 지금까지 삐욜라숲에서 먹어오던 음식에 비하면 이건 분명히 달고 냄새가 독한 음식이었다.

행운.

　오늘은 아주 운이 좋았다.

　닭다리 하나가 놀이터 땅바닥에 떨어져 있었다.
　아이가 놀이터에서 통닭을 먹다 바닥에 떨어뜨린 것이다.
아이들은 모두 집에 들어가고 없었다. 미리는 냉큼 달려가 닭
다리를 입에 물었다. 닭다리에는 살이 오동통하게 붙어 있었
다.

　미리는 살짝 혀로 맛만 보고는 입에 문 채 숲으로 달려갔
다. 조금 전에 떨어뜨린 것인지 아직 뜨거운 김이 살코기에서
솔솔 배어 나왔다. 이빨이 너무 뜨거워져 달리는 중간에 몇
번이나 멈추고 닭다리를 바닥에 내려놓았다. 바람이 닭다리
냄새를 널리 퍼뜨렸다.

파르.

　자동차 언덕을 막 지날 때였다. 퓨츠의 큰아들인 파르가 눈
을 동그랗게 뜨고 밖으로 뛰어나왔다. 부모가 없는 아이였지

만 그렇다고 입에 문 닭다리를 줄 수는 없었다. 그보다는 가족에게 갖다주는 것이 더 급했다. 아침부터 쫄쫄 굶고 있을 자식을 생각하니 가슴이 울컥해졌다. 미리는 파르에게 미안한 마음이 들었지만 어쩔 수 없다는 듯이 모른 체 했다.

파르가 입맛 다시는 모습을 뒤로하며 더욱 빨리 집으로 달려갔다. 비록 닭다리 하나였지만 이것은 적어도 가족을 향한 사랑의 표시였다.

미리는 사람들이 사는 마을이란 곳에 점점 더 자주 내려갔다. 혼자만 살았다면 그렇게 죽자 살자 내려가지는 않았을 것이다. 마을에는 적어도 가족을 먹일 만큼 음식을 구해올 수 있었다. 그리고 이상하게도 처음에는 잘못되었다고 생각한 음식들이 좋아지기까지 했다. 점점 더 먹고 싶어졌다.

약.

끔찍한 이야기였다. 아무도 그 말을 믿으려 하지 않았다. 약이란 건 원래 아플 때 나으라고 먹는 것이다. 그런데 사람들은 사과나무에도 약을 주고 배추에도 약을 준다고 하였다. 밤나무에도 약을 주었고 맛있는 배나무에도 약을 주었다.

이상했다. 아프지 말라고 약을 준 건데, 약 먹은 사과를 먹은 쥐는 얼마 지나지 않아 죽고 말았다. 물론 그 쥐를 먹은 고양이들도 죽었다. 사람에겐 약이지만 동물에겐 독이 되는 모양이었다. 미리는 카리와 퓨츠가 떠올랐다. 그가 어떻게 죽었는지도 생생하게 기억났다.

조금씩 드러나는 이야기는 그랬다. 농약이라고 이름이 붙은 이 약은 사람들의 식탁에 오르기 위해 길러지는 모든 식물에 뿌려진다고 했다. 그리고 그 음식을 먹으면 사람들은 괜찮지만 동물에게는 아주 위험하다고 했다. 망치가 마을에서 음식을 먹으면 안 된다고 말한 건 이 때문이었다. 게다가 닭튀김이나 생선에는 중금속이라는 무서운 약이 들어 있다고 했다.

사람들.

주변에서 생활하는 쥐나 고양이들이 사람들이 뿌려대는 약에 익숙해지기까지는 꽤 오랜 시간이 걸렸다. 그렇지만 그들은 해내었고 이제는 적응할만한 수준이 되었다.

하지만 이제 막 부모님 품을 떠나 인간세계로 먹을 것을 찾으러 나온 청년 고양이들에게 농약은 아주 치명적인 무기였다. 고양이들은 농약의 공격을 막아낼 만한 신체적인 준비가 되어 있지 않았다. 물론 마음도 전혀 준비가 되어 있지 않았다.

빨간 생선.

사람들은 정말 이상한 걸 먹는다고 생각했다. 배가 너무 고팠던 어느 날, 미리는 가게 앞을 어슬렁거리며 걸어갔다. 그때 미리의 눈길을 끄는 것이 있었다.

가게 앞에 놓여 있는 그릇은 온통 빨간 물감을 칠해놓은 것 같은 물이 가득 담겨 있었다. 가까이 다가가서 자세히 살펴보자 놀랍게도 빨간 물속에 생선이 몇 마리 누워 있는 것이 아닌가!

미리는 얼른 주변을 돌아다보았다. 빨간 물이 의심스럽긴 했지만 고요히 잠겨있는 생선을 보고 그냥 지나친다는 건 고양이임을 포기하는 것이나 마찬가지였다. 사람들은 자기들

할 일에 열중해 있었다.

미리는 주변을 살피며 조심스럽게 빨간 물속에 담겨 있는 생선을 먹기 시작했다. 생선을 먹으려고 하니까 어쩔 수 없이 빨간 물이 함께 딸려 왔다.

생선찌개.

미리는 그렇게 인간들의 음식인 생선찌개의 세계에 발을 들여놓았다. 생선찌개는 아직 따뜻한 온기를 간직하고 있었고, 미리는 따끈히 데워진 빨간 국물을 홀짝거리며 먹었다. 계속 먹다 보니 생선보다는 오히려 빨간 국물이 더 맛있게 느껴졌다. 빨간 국물은 짭짤하기도 했지만 고소하기도 했다. 은근히 중독되는 맛이었다. 멈출 수 없었다.

미리는 그날 이후로 그곳을 자주 찾아가 생선찌개를 먹었다. 컬컬하고 간간한 것이 왜 이렇게 맛있는지 마음이 흡족했다. 생선 토막이나 닭튀김은 가족에게 가져갈 수 있었지만 생선찌개는 가져갈 수 없었다. 같이 간 수아에게도 먹어보라고 했지만, 한 번 맛을 본 수아는 이렇게 짜고 매운 건 먹을 수 없다며 고개를 흔들었다.

의심.

미리는 이런 생각을 했다.

'나에게 찾아온 돌멩이병이 생선찌개 때문에 생긴 건 아닐까?'

어쩌면 그럴지도 모른다. 미리는 인간들이 만들어 놓은 맵고 짜고 뜨거운 생선찌개에 어느새 길들어져 있었다. 그러나 이제 와 후회한들 생선찌개에서 벗어날 수는 없었다. 생선찌개는 닭튀김 이상으로 미리에게 새로운 기쁨이 되었다.

가족들에게는 조금씩 소홀해졌고 혼자서 생선찌개를 찾아 돌아다니는 시간이 많아졌다.

마음.

미리에게 생선찌개를 건네준 아저씨의 이름이었다. 마음이라는 이름처럼 마음도 부드러웠다. 마을에 잘 어울리는 이름이라고 생각했다.

"넌?"

가게 아저씨가 물었다.

"미리."

미리는 정성스럽게 대답했다. 그러나 아저씨에게는 그냥 '냐옹'으로 들릴 뿐이다. 아저씨는 미리를 위해 생선찌개를 반만 먹고 밖으로 내놓았다.

"조금 뜨거운데 먹을 수 있겠니?"

"냐옹."

미리는 공손하게 대답하곤 홀짝홀짝 찌개를 먹었다. 미리는 아저씨가 지켜보는 앞에서 입맛을 다셨다. 혀로 입 주위를 깨끗하게 핥았다. 미리는 아저씨가 좋아졌다. 아저씨도 미리가 좋은 듯했다.

하지만 가슴의 통증이 점점 심해졌다.

8.

진짜 의사.

수아가 그랬다. 삐욜라숲에서 산을 두 개 넘으면 해스숲이 나오는데 거기에 진짜 제대로 된 의사 고양이가 있다고. 그는 마음속의 병까지 고친다고 했다.

미리는 가족에게 당분간 여행을 다녀오겠다고 했다. 다행히 친구 수아가 수시로 돌봐주겠다고 약속했지만 실은 미리의 아이들은 독립할 나이가 이미 지나 있었다.

아저씨.

마을을 생각하면 아저씨가 생각나고 아저씨를 생각하면 마음이 두근거렸다. 미리는 마음 아저씨를 생각하며 마음이 무엇일까 생각해 보았다. 그러나 그건 고양이 미리가 생각하기에 너무 어려운 문제였다.

미리는 떠나기 전에 마지막으로 마음 아저씨를 찾아갔다. 며칠 못 본 탓인지 아저씨는 미리를 보자마자 활짝 웃었다.

"안녕. 오랜만이구나."

마음 아저씨가 미리 앞에서 손을 내밀었다.

미리는 앞발 대신 얼굴을 아저씨 손에 비볐다. 그건 '당신이 좋아요' 하는 뜻이었다. 이번엔 혀로 아저씨의 손바닥을 핥았다. 그건 '당신을 믿어요' 하는 뜻이었다.

"아저씨. 이제 여행을 떠나요. 당분간 여기 못 올 거예요."

아저씨는 미리의 마음을 읽었다.

"어디 떠나는가 보구나."

"냐옹."

미리는 사람들처럼 고개를 끄덕거렸다.

마침 점심으로 시킨 생선찌개가 도착했다. 마음 아저씨는 입에도 대지 않고 미리에게 그릇째 내주었다. 찌개는 너무 뜨거웠다. 아저씨가 생선 한 마리를 그릇 밖으로 꺼내 주었다.

미리는 꼬리부터 머리까지 뼈만 남기고 깨끗하게 먹어 치웠다. 찌개 국물은 지금까지 먹은 것 중에 가장 뜨거웠다. 미리는 눈물을 흘리며 국물 한 방울 남기지 않고 싹싹 핥아먹었다. 그건 아저씨에 대한 뜨거운 마음이기도 했다. 어쩌면 아주 오랜 시간이 될지도 모를 이별에 대한 아쉬움이기도 했다.

여행.

떠나는 발걸음은 무거웠다. 꼭 죽으러 가는 여행 같았다. 자식들을 다시는 보지 못할 것 같았다. 수아가 어서 가라며 등을 떠밀었다.

삐욜라숲은 사막처럼 변해가고 있었다. 겨울이 오려면 아직 멀었는데도 누가 보더라도 겨울 같은 모습을 하고 있었다. 홍수 때 무너져 내린 흙더미가 군데군데 보였다. 아직도 가끔 우루루 소리를 내며 흙이 덩어리로 쏟아진다.

비를 많이 맞은 흙은 힘이 약해져 있었고 작은 비에도 우르르 무너졌다. 마치 미리의 마음 같았다. 한계에 다다른 미리는 한줄기 비만 내려도 울음을 터뜨릴 것 같았고 한줄기 바람으로도 주저앉을 것 같았다.

삐욜라숲은 꽤 컸다. 달리다 걸었다 했지만 아름다운 풍경이 사라진 숲은 피곤만 더할 뿐이었다. 입에서는 마른 모래처럼 흙이 서걱거렸다.

숲이 끝나는 지점에서 할 일 없이 서성거리는 들쥐 한 마리를 잡았다. 쥐는 비쩍 말라 있었다. 눈망울에 슬픔이 가득했다. 가족이 모두 굶고 있다고 했다. 그래서 다른 곳으로 떠나려는 참이었다고 했다. 미리는 쥐를 놓아주었다. 꼭 살아서 가족을 지켜내라고 했다.

어쩌면 닭튀김과 생선찌개에 입맛이 변해 버렸는지도 모른다. 미리는 마을에 들른 다음부터 쥐를 먹지 않았다.

발걸음을 빨리했다. 비쩍 마른 쥐와 운명이 다를 바 없었다.

은행.

　산을 하나 넘자 그제야 풍경이 눈에 들어왔다. 삐욜라숲 뒤편에 이렇게 큰 산이 있었다는 것은 볼리타족 고양이들 그 누구도 알지 못했던 새로운 사실이었다. 이곳은 새로운 세상이었다.

　나무들이 울창했다. 꿩이 날개를 치며 날아올랐다. 밤송이들이 많이 떨어져 있어서 미리는 조심조심 발을 디뎠다.

　땅에는 은행 열매가 떨어져 있었다. 은행나무 열매에서는 참기 힘든 고약한 냄새가 났다. 정말 배고파 죽을 지경이 아니라면 먹지 않을 음식이었다. 미리는 코를 막고 은행 열매를 입 안으로 털어 넣었다. 깨득깨득 씹어먹는 밤송이에 비하면 얼마나 부드러운 음식인지 모른다. 하지만 은행 열매는 뱃속으로 들어가자마자 밤송이처럼 가슴을 콕콕 찔러댔다.

가을.

　산 하나를 넘자 두 번째 새로운 산이 나타났다. 두 번째 산

77

은 가을이 더욱 깊이 들어와 있었다. 바람이 살랑거리자 할 일을 마친 나뭇잎들이 스스럼없이 바닥으로 몸을 던졌다.

나뭇잎들이 얼마나 세게 떨어져 내리는지 쿵쿵 소리가 났다. 미리는 나뭇잎 떨어지는 소리에 놀라 몇 번이나 뒤를 돌아다보았다. 나뭇잎이 떨어지는 것을 바라보는 것은 슬펐다. 왠지 모를 불안감에 가슴이 철렁철렁 내려앉았다.

바삭바삭 나뭇잎 밟히는 소리도 미리의 가슴을 아프게 했다. 떨어진 나뭇잎은 모든 생기를 잃고 바싹 말라 있었다. 발끝만 닿아도 쉽게 바스라졌다.

가을이 갑자기 싫어졌다.
'마음이란 이렇게 바뀌는 거구나. 그게 마음이구나.'
미리는 마음을 조금 알 것 같았다.

마음이란 좋았던 가을이 싫어지는 것.
마음이란 갑자기 생선찌개가 맛있어지는 것.
마음이란 갑자기 슬퍼지는 것.

아픔.

무언가를 먹는다는 게 점점 힘들어졌다. 작은 열매들도 삼키기 힘들었고 사과도 완전히 으깨지 않으면 목구멍으로 넘어가지 않았다. 고통은 구름처럼 쉽게, 그림자처럼 어둡게 찾아왔다.

통증은 불청객처럼 불쑥 찾아왔다 기척도 없이 사라졌다. 아프다고 불청객을 물리칠 수는 없었다. 손님은 언제나 정중하게 맞이해야 한다. 그것이 삐욜라숲 고양이들의 예절이다.

그러니 미리는 이를 꼭 다물고 속울음으로 참는 수밖에 없었다. 너무 아플 땐 물만 먹을 때도 있었다. 가끔씩 생선찌개를 먹지 못하는 자신의 처지가 처량하기도 했다. 마음 아저씨도 잘 있는지 궁금했다.

9

해스숲.

의사는 쉽게 찾을 수 있었다. 해스숲에 사는 고양이들은 전부 친절했다. 친절이라는 표현을 쓰는 것은 그만큼 친절이라는 말이 낯설게 다가와서 그랬다.

미리는 고양이들도 서로에게 친절할 수 있다는 것이 신기했다. 먹을 것을 가지고 서로 노려보는 일은 절대로 일어나지 않았다. 그곳에 사는 고양이들은 서로의 음식을 나누어 먹었고 얼굴에는 행복이 가득했다.

해스숲은 진짜 숲이었다. 숲에는 봄이 가득했다. 제비꽃이 부끄러운 듯 고개를 숙이고 있었고, 민들레는 천하를 얻은 듯 하늘 가득 애드벌룬처럼 날아다녔다. 그렇다고 삐욜라숲이 가짜 숲은 아니었지만, 해스숲을 말할 때는 왠지 진짜 숲이라고 불러야 할 것 같았다. 해스숲은 그런 숲이었다.

의사 멀루.

미리는 의사를 찾으러 왔다고 말하지 않았지만 해스숲에 사는 고양이들이 그를 안내한 첫 번째 집이 의사 멀루의 집이었다. 멀루는 하얀 털에 노란 수염이 길게 세 가닥씩 밖으로 뻗어 있었다. 어디에서 왔냐고 물어서 삐욜라숲에서 왔다고 하자 그곳의 슬픔을 알고 있다고 했다. 눈물이 찔끔 나왔다.

상담.

멀루는 미리의 얘기를 진지하게 들었다. 미리는 조심조심 얘기했지만 어느 순간 북받쳐 오는 슬픔을 참지 못하고 울고 말았다.

멀루는 노란 수염을 앞발로 훑으면서 끈기있게 기다려 주었다. 펑펑 울고 나자 미리는 가슴을 답답하게 누르고 있던 커다란 돌멩이 하나가 시원하게 내려간 것 같았다.

처방전.

얘기를 다 들은 의사 멀루는 커다랗고 반짝반짝 빛이 나는 떡갈나무 이파리에 처방내용을 적어 주었다. 미리는 망치가 친구들에게 적어 준 처방전을 보았기에 어떤 내용들이 적히는지 알고 있었다. 지금 그 친구들은 모두 돌멩이병으로 죽고 없다.

멍청이 망치처럼 '산딸기 처방은 아니겠지.'라고 생각하니 피식 웃음이 나왔다.

웃음.

빙글. 멀루의 웃음은 밝았다. 마치 까만 밤에 솟아오른 달처럼 환한 웃음이었다.

"삶과 죽음은 아무도 알 수 없어요. 언제 태어날지 스스로 알고 태어나지 못하는 것처럼 죽는 것 역시 아무도 모른답니다."

멀루의 말은 하얀 달덩이에서 토끼들이 방아를 찧는 것처럼 쿵덕거리며 가슴에 쌓인 돌멩이들을 잘게 부수었다.

"미리 불안해하지 마세요.
미리 절망하지 마세요.
먼저 희망을 품으세요."

망치에게 들었던 '절망'이라는 말이 멀루의 입을 통해서도 나왔지만 미리는 다시 통곡하지 않았다. 이번에도 '희망'이라는 말을 들었지만 망치의 말은 기억나지 않았다. 미리의 가슴속에는 '희망'이라는 말이 떡덩이처럼 만들어지고 있었다. 이상하게 해스숲에서는 음식을 먹어도 아프지 않았다. 신기했다.

  흐흐흐. 갑자기 웃음이 터져 나왔다. 산을 하나 넘었는데 전혀 피곤하지 않았다. 산을 하나 넘도록 쉬지도 않았다니. 미리는 잠시 쉬어가기로 했다. 처방전이 궁금하기도 했다.

  "그럼, 어디 한번 볼까?"

  바위에 기대어 앉은 뒤 미리는 돌돌 말아 들고 왔던 떡갈나무 처방전을 천천히 펼쳤다.

〈 처방 편지 〉

안녕하세요. 미리님. 이 편지는 떡갈나무 잎에 쓰여진 편지입니다. 그리고 처방전이기도 합니다. 그러니까 처방전 내용을 담고 있는 편지라는 뜻입니다. 해스숲 의사 멀루가 삐욜라숲 미리님에게 드리는 처방 내용은 다음과 같습니다.

    1. 떡갈나무 잎에 편지를 써서 가족 한 사람 한 사람에게 부치세요.

    2. 편지를 받은 사람은 편지를 다 읽은 다음 떡갈나무 잎을 잘게 빻아 물에 불려 마시세요.

    3. 이 처방전 편지도 다 읽고 나서는 잘게 빻아 물에 불려 마시세요.

해스 의사 멀루.

어라?

미리는 두 눈을 비볐다. 뭔가 잘못된 게 아닐까?

아무리 뒤집어보고 거꾸로 보고 해 보아도 편지를 쓰라는 얘기 말고는 없었다. 숨겨진 암호도 낙서도 보이지 않았다. 다만, 무슨 이유에선지 편지를 잘게 빻아 물에 불려 마시라고 하는 것이 좀 특이했다. 떡갈나무 잎을 먹으라고?

피식. 미리는 입가로 비어져 나오는 웃음을 삼켰다. 진짜 의사라고 해 놓고는 여기도 돌팔이 의사가 따로 없다는 생각이 들었다. 삐욜라숲 돌팔이 의사 망치와 다를 게 없었다.

"무슨 처방전이 이래!"

약간 실망스러웠고 화도 살짝 났다. 미리는 처방전이 적힌 떡갈나무 이파리를 휙 하고 던졌다. 처방전은 바람을 타고 날아가 나뭇가지에 걸렸다. 파르르 떠는 소리가 들렸다.

올빼미.

울음소리가 들렸다. 미리는 귀를 쫑긋 세웠다. 곧이어 하품 소리가 들리는 것 같기도 했다. 미리는 소리 나는 쪽으로 걸음을 옮겼다.

"네가 던진 거니?"
나무 위에서 소리가 들렸다.

"그렇긴 한데 넌 누구니?"
미리가 대답하고 다시 물었다.

푸드득 날갯짓 소리와 함께 커다란 새 한 마리가 내려와 앉았다. 그 바람에 처방전도 함께 땅에 떨어져 내렸다. 세로 줄무늬가 아름다운 올빼미였다.

"잠을 깨워서 미안해. 일부러 그런 건 아냐."
미리는 얼른 처방전을 주워 둘둘 말았다.

"괜찮아. 그러지 않아도 심심하던 참이었어. 그건 뭐니?"
미리는 참견 당하는 것이 싫었다.

구구절절 얘기하는 것이 귀찮기도 했다.

"돌멩이병에 걸렸거든. 그래서 멀루 의사한테 처방전을 받았어."

미리는 이쯤에서 대화를 그만두었으면 했다. 조용히 혼자 생각하고 싶었다. 그런데 올빼미는 그럴 생각이 없어 보였다.

"돌멩이병이라고? 처음 듣는 병명이군. 여기 해스숲에는 아직 번지지 않았어. 그거 전염병은 아니겠지? 좋아. 뭐. 그런 건 크게 중요하지 않으니까. 근데 너 멀루 의사라고 했니?"

"그래. 돌팔이 멀루."

미리는 짜증나는 투로 말을 찍 내뱉었다. 돌팔이라는 말이 침처럼 휙 날아가 바위에 떨어졌다.

마음 의사.

"돌팔이라니. 그는 마음을 치료하는 의사야. 하늘을 날아다니는 우리에게도 꽤 유명하지. 그는 진짜, 진짜 의사야. 환자의 마음을 읽을 줄 알거든."

올빼미는 잠시 말을 멈추었다.

"나도 죽을 뻔한 고비에서 살아났지. 그는 진짜 의사야. 그런 의사가 써 준 처방전을 왜 버렸어?"

"처방전이 이상해서 그래. 편지쓰기가 다 뭐야? 얘들 장난하는 것도 아니고."

그래서 편지.

"너는 가족이 있구나."

"그럼. 당연히 가족이 있지. 그래서 더 슬퍼. 내가 죽으면 가족과 헤어져야 하잖아."

"그러니까 편지를 적어야지. 헤어지기 전에 말야. 난 가족이 없어. 너처럼 그런 처방전을 받았다면 밤을 꼬박 새워서라도 편지를 적을 거야. 남편에게, 자식들에게 사랑한다는 말한번 해 보지 못했어. 농약 먹은 들쥐를 먹고 모두 한꺼번에 죽고 말았거든."

올빼미의 커다란 눈에 커다란 눈물이 맺혔다. 올빼미는 눈물 한 방울 떨어뜨리고는 후드득 나무 위로 올라가 버렸다. 가족 생각이 나는 듯했다. 처방전을 읽어본 것처럼 처방전과 똑같은 얘기를 하는 것도 신기했다.

혹시.

미리는 새롭게 처방전을 펼쳐 보았다. 미리는 곧 가족들과 헤어질 생각을 하니 마음이 아팠다. 미리는 곧 죽을 것이었다. 이런 처방전으로 병이 나을리 없었다. 가족과 헤어지는 것은 정해진 운명이었다. 다만 그것이 얼마나 빨라지는가 하는 것만 차이가 날 뿐이었다.

'아냐. 이대로 따라 하면 혹시 병이 나을지도 몰라. 그리고 가족들에게 편지 한 통 써 본 적 없잖아. 그리고 사랑한다는 말도 한 번 하지 않았어.'

미리는 처방전에 적힌 대로 편지를 쓰기로 마음먹었다. 손해볼 건 없었다. 병이 낫지 않는다 해도 원래 기대를 안 했던 것이니 손해 보는 것이 아니고, 쓴 편지는 가족들 가슴에 남아있을 테니 어떻게 생각해 보면 고스란히 남는 장사였다.

"그래. 편지를 쓰자."

미리는 떡갈나무 위로 풀쩍풀쩍 뛰어 올라가 잘생긴 떡갈나무 이파리를 서너 장 투두둑 뜯어냈다. 가족에게 편지를 쓰려고 마음먹으니 지금까지 한 번도 편지를 쓰지 않았던 것이 후회스러웠다. 남편과 자식에 대한 사랑이 그리움처럼 새록새록 솟아났다.

처음이자 마지막.

어쩌면 이 편지가 그렇게 될 것이었다.
남편 포쉬에게.
딸 포미에게.
아들 소리에게.

민들레.

푸른 민들레 줄기를 끊자 하얀 진액이 피처럼 몽글거리
며 맺혔다. 민들레 잎을 나뭇가지에 묶자 훌륭한 연필이 되
었다. 하늘나라 당신에게. 이파리에 물 영양분을 날라주는
잎맥들은 훌륭한 밑줄이 되어 편지쓰기를 한층 쉽게 해주
었다.

미리는 잎맥과 잎맥 사이의 윤기 나는 공간에 하얀 민들
레 진액으로 꾹꾹 눌러가며 편지를 쓰기 시작했다. 어쩌면
마지막 편지가 될지도 모른다고 생각하니 마음은 바람에
흔들리는 풀잎처럼 휘청거렸다.

편지지가 바람에 하늘거리고 있었다. 남편 포쉬는 삐욜라 숲에서 돌멩이병으로 숨진 최초의 고양이였다. 하늘에서 나를 보고 있을까. 미리는 하늘을 한 번 보고 한 줄 쓰고, 옹달샘을 보고 눈물 한 자락 흘렸다. 뭉게구름 보고 또 한 줄 적고, 떨어지는 낙엽을 보며 눈물을 훔쳤다.

마침표.

신기했다. 시작할 땐 슬픔이었는데, 마침표를 찍고 나니 마음이 한결 좋아졌다. 가슴이 응어리져 한 마디도 쓰지 못할 줄 알았는데, 막상 쓰기 시작하니 말은 실타래가 되어 강물처럼 흘러나왔다.

돌멩이병으로 죽거들랑 부디 절망하지 말고 희망으로 살아가길. 이 말을 넣을지 뺄지, 강을 건널지 말지, 안녕이라고 인사할지 말지. 생각은 물줄기처럼 끊어지지 않고 이어졌고 결코 끝나지 않을 것처럼 흘러넘쳤다.

마침 하얀 진액이 뚝 끊어졌다. 점점 좁아지던 잎맥과 잎맥 사이의 공간도 끝나버렸다. 이제는 정말 안녕이라고 인사할 때가 왔다. 강은 그렇게 흘러 바다로 갔다.

안녕.

때론 빠른 체념이 절망보다 더 나을 때가 있다. 체념은 마음을 비우는 것이고, 나를 없애는 것이고, 나보다 더 너를 사랑하는 일이다. 그러니까 체념은 절망을 넘어서는 또 다른 시작이고 신념이다. 더 이상 과거에 연연해하지 않겠다는 굳은 입술이며, 더 이상 슬퍼하지 않겠다는 가슴 뜨거운 호흡이다.

깃털.

미리는 편지를 하나씩 올빼미에게 전달했다. 올빼미는 편지를 한 통씩 자세히 확인하고 깃털 속에 감추었다. 가족을 꼭 찾아 편지를 전해주겠노라고 했다. 엄마의 마음도, 아내의 마음도 고스란히 전해주겠노라고 했다.

올빼미가 삐욜라숲으로 날아가자 비어있는 깃털 하나가 팔랑거리며 떨어졌다. 미리는 올빼미의 깃털을 주워 가슴에 껴안았다. 태양이 해스숲을 힘겹게 넘어갔다. 석양도 사라지고 깊은 밤이 찾아왔다. 봄이지만 밤은 추웠다.

10

꿈.

민들레 홀씨처럼 동그랗게 뭉쳐 있는 꿈송이들이 흩어지지 않고 하늘하늘 하늘을 헤엄치며 내려왔다. 물고기처럼 몸을 뒤채자 은빛비늘이 눈을 찔렀다.

미리는 생선찌개 아저씨를 만났다. 이제 봄이니 향긋한 쑥국이 입맛을 돋운다며 파릇한 쑥국을 끓여 내왔다. 봄 향취 가득한 국에는 나쁜 것들이 없을 것만 같았다.

물 한 모금 삼키기 힘들었는데, 그걸 까먹고 만 것인지, 아니면 배가 너무 고파 그걸 잊어버린 것인지 미리는 국물까지 혀로 싹싹 핥아먹었다. 냄비가 댕그렁 소리를 내며 뒤로 물러서자 그때서야 아저씨가 눈에 들어왔다.

냄비를 건네준 사람은 분명히 마음 아저씨였는데, 봄을 마시고 나자 아저씨 대신 포쉬가 앉아 있었다. 처음부터 나를 지켜보고 있었다는 듯 눈가에 행복함이 가득했다.

포쉬!

반가운 마음에 소리를 내지르며 뛰어갔다. 미리가 폴짝 뛰어 앞으로 다가가면 포쉬는 어느새 그만큼 뒤로 물러나 있었다.

포쉬는 그저 웃기만 했다. 하얀 이빨이 눈부셨다. 흰빛이 사방에서 쏟아져 나왔다. 포쉬는 빛 앞에서도 당당했다. 가슴을 쭉 펴고 혀를 내밀어 입 언저리를 핥았다. 평소 습관처럼 앞발로 가슴을 톡톡 두드렸다.

잠.

얼마나 잔 걸까? 미리는 하품을 하며 기지개를 켰다. 엉덩이를 뒤로 쭉 내밀어 쭉쭉이를 했다. 키가 훌쩍 커버린 듯했다. 어른도 키가 크는 걸까? 미리는 고개를 도리도리 흔들었다. 떨어지는 태양을 보며 잠이 들었는데 지금은 햇살이 따뜻하다. 배가 고파왔다.

시간.

깃발 펄럭이는 소리가 들렸다. 올빼미가 커다란 날개를 퍼덕이며 하늘을 빙빙 돌았다. 미리는 토끼처럼 깡총깡총 뛰어나가 올빼미를 맞이했다. 하룻밤 만에 삐욜라숲에 갔다 온 걸까? 깃털 속에 가지고 간 편지는 보이지 않았다. 올빼미는 주변을 두어 바퀴 돈 뒤 나뭇가지 위에 앉았다.

"다 전달하고 왔어."

목소리가 갈라져 나왔다. 바람이 목을 통과하는 것 같았다.

"이렇게 빨리? 겨우 하룻밤 지났는데?"

심히 의심스럽다는 듯이 미리가 쳐다보았다.

"하루라니, 한 달이나 지났는걸. 봐. 나는 한 달동안 잠을 자지 못해 눈이 빨갛게 되었잖아."

"한 달? 뭐야 그럼. 내가 한 달 동안이나 잤단 말이야?"

"아, 맞다. 내가 잊어버렸네. 해스숲과 삐욜라숲은 시간이 다르지."

올빼미는 눈을 껌벅거리며 뒤통수를 긁적거렸다.

'시간이 다르다고? 그건 무슨 소리지?'

미리는 눈을 껌벅거렸다.

"아, 내가 얘기를 안 했구나. 해스숲과 삐욜라숲은 서로 다른 공간축과 시간축을 가지고 있어. 이해하긴 좀 어렵겠지만, 그래. 그래서 해스숲에서 하루를 보내면 삐욜라숲에서는 한 달을 보낸 것과 같아. 네가 한 달 동안 걷고 뛰어서 해스숲에 도착했다면 아마 삐욜라숲은 일 년 정도 흘러갔을 거야."

미리는 고개를 흔들었다. 이해하기 어려운 이야기였다.

"포미랑 소리를 만났어?"

"응. 아이들이 아니라 다 큰 어른들이 되었던데. 그렇지만 엄마를 꼭 빼닮았길래 쉽게 알아차릴 수 있었지."

"뭐래?"

"나야 주고만 왔지. 편지라는 걸 처음 받아본대. 엄마가 아직 살아있냐고 눈물을 글썽거렸어. 살이 좀 야윈 것 같긴 했지만 눈망울만은 초롱초롱하던 걸."

미리는 눈물이 핑 돌았다. 괜히 코를 푸는 척하며 돌아서서 눈물을 닦았다.

하늘나라 편지.

"근데, 포쉬도 만났어? 하늘나라 간 지 꽤 됐는데…."

미리는 애매모호한 말로 얼버무렸다. 괜한 소리를 했다는 생각이 들었다.

"말 한번 잘 꺼냈네. 진작 하늘나라에 있다고 얘길 해 줬어야지. 그것도 모르고 계속 헤매는 바람에 얼마나 힘들었다고."

올빼미는 고개를 흔들며 한숨을 내쉬었다.

"미안. 차마 죽었다고 말할 수가 없었어."
미리 눈에서 또르륵 눈물이 떨어졌다.

"아냐. 미안한 건 오히려 나지. 어디에 사는지 다 물어보고 배달을 했어야 하는데, 내가 좀 성급했어. 미안 미안."

올빼미는 커다란 날개를 펄럭거렸다. 정말로 미안한지 나뭇가지에서 떨어질 것처럼 안절부절 어쩔 줄을 모른 채 서성거렸다.

"그래도 괜찮아. 꿈에서 만났으니까. 근데 포쉬한테 쓴 편지는 어디 있어? 설마 버리지는 않았겠지?"

"버리다니? 무슨 소리야!"

올빼미가 억울하다는 듯이 가지 위에서 풀썩 뛰어내렸다.

"그러면 편지는 어떻게 했어?"

미리가 고개를 갸우뚱거리며 물었다.

"전해줬지. 내가 이래 봬도 일 하나는 똑 부러지게 한다니까. 험험."

올빼미는 자랑스럽게 가슴을 추켜올렸다.

"어…떻…게 전달한 거야?"

미리의 눈이 왕방울처럼 커졌다.

"어떻게 전달하긴, 하늘나라에 있다는 사실을 알아내곤 하늘로 계속 올라갔지. 정말 힘들었어. 날개가 부러지는 줄 알았다니까."

올빼미는 허풍을 치듯 가슴을 쿵쿵 치며 목소리를 높였다.

"그렇다면 정말 하늘에서 포쉬를 만났단 말이야?"

미리의 목소리도 한 옥타브나 높아졌다.

"아니. 어떻게 만나. 직접 만나진 못했지만 만난 거나 마찬가지야. 아니, 만났다기보다는 포쉬가 편지를 읽었다고 해야지. 편지가 위로 올라갈수록 글씨가 점점 희미해졌어. 그건 포쉬의 영혼이 아래로 내려와 편지를 읽었다는 뜻이야."

"아, 그래서 포쉬가 꿈에 나타났었구나."

미리는 감격의 눈물을 흘렸다.

'내 편지를 읽고 포쉬가 나타난 거였구나.'

"포쉬, 고마워. 사랑해."

미리는 눈앞에 포쉬가 있는 것처럼 중얼거렸다.

11

밤과 낮.

　달과 해가 몇 번이나 번갈아 가며 찾아왔다 떠나가곤 했다. 하루의 시작은 밤이었다. 해가 질 때부터 하루가 시작되었다. 해스숲에서는 그랬다. 해스숲에서는 해가 지기 시작하면 하루가 시작되고, 하루가 시작되면 잠을 자는 것으로 하루를 열었다. 물론 가끔씩 밤에 활동하는 동물들이 있긴 했지만 대부분은 잠을 자는 것으로 하루를 시작했다. 그러다 보니 얼마나 하루가 기다려지는지 모른다.

　몇 차례 더 멀루 의사를 찾아갔다. 이상하게 돌팔이 의사라는 생각이 사라졌다. 떡갈나무 잎을 먹은 후부터는, 음식을 잘게 부수지 않고도 쉽게 삼킬 수 있었다.

"이제 떠나세요."

떡갈나무 잎이 말라 비틀어지고 힘이 없어져 낙엽으로 떨어질 때쯤 멀루 의사가 말했다.

"네? 어, 디, 로, 요?"

미리는 해스숲에서의 생활에 푹 빠져 있었다. 삐욜라숲은 까맣게 잊고 있었다.

"어디긴요. 집으로 가야죠. 평생 여기서 살 건가요? 보세요. 이젠 처방전을 쓸 수 없는 때가 왔어요. 모두가 고향으로 돌아가는 시간이 되었죠."

"하지만 제가 살던 삐욜라숲은 더 이상 살 수가 없어요. 음식을 구할 수도 없고 먹을 수도 없어요. 제 남편이 어떻게 하늘나라로 갔는지도 다 들었잖아요."

미리는 울먹거렸다. 아직 다 낫지도 않았는데 매몰차게 쫓아내려는 그가 야속하게 느껴졌다.

죽을병.

"그러니까 가야죠. 삐욜라숲을 버릴 건가요? 그곳에서 살고 있는 가족은요. 포미랑 소리를 수아에게 영원히 맡겨 놓을 건가요?"

"그렇지만 저는 곧 죽을 거잖아요. 저는 돌멩이병에 걸렸는걸요."

"그럼, 저를 왜 찾아왔나요? 죽으려고 찾아온 건가요?"

"그런 건 아니지만, 돌멩이병에 걸리면 죽는 게 아닌가요? 저는 그렇게 생각했어요."

"완전히 다 낫진 않았더라도 많이 회복되었어요. 그 힘으로 삐욜라숲을 살리세요. 충분히 그럴 수 있어요."

"제가요? 삐욜라숲을 살, 리, 라, 고, 요?"

겨울.

　다시 돌아가는 길은 춥고 힘들었다. 몸 하나 지켜내기도 버거운데 삐욜라숲을 살리라니. 미리는 늪 속으로 빠져드는 기분이었다.

　그러나 포미랑 소리를 만날 것을 생각하니 힘이 솟아나기도 했다. 억지로라도 더 열심히 먹어야 했다. 이제는 조금씩 살도 차올랐다. 얼굴도 포동포동해졌고 팔과 다리에 근육도 붙었다.

　해스숲의 겨울은 겨울이어도 겨울이 아니었다. 미리는 해스숲의 겨울을 지나가면서 봄맞이를 하고 있었다.

포미와 소리.

　삐욜라숲에 도착하기도 전에 미리의 발걸음 소리를 듣고 가장 먼저 달려 나온 아이들이었다. 미리는 한걸음에 달려가 포미와 소리를 껴안았다. 머리를 비비고 또 비벼댔다. 포미와 소리의 체온이 그대로 미리에게 전달되었다. 올빼미의 말처럼 포미와 소리는 더 이상 어린아이들이 아니었다. 특히 아들 녀석 포미는 덩치가 산처럼 커져 버렸다. 두 팔로 다 안기도 버거울 만큼 어른이 되어 있었다.

"너희들 건강해졌구나. 엄마가 괜한 걱정을 했어."
미리는 아이들을 가슴으로 껴안았다.

포미와 소리가 길을 터 주었다. 그 뒤에 수아가 말없이 서 있었다. 수아의 두 뺨이 발갛게 물들어 있었다. 미리는 수아 에게 달려가 머리를 맞댔다.

"난, 네가, 네가….”
수아는 가늘게 흐느꼈다.

"아무 말도 하지 마."
미리는 입술을 깨물고 그저 간신히 숨을 내쉬었다. 수아가 없었다면 지금까지 버텨내지 못했을지도 모른다. 어쩌면 포 미와 소리도 살아남지 못했을 것이다.

둘은 오랫동안 그렇게 머리를 맞댄 채 서 있었다. 시간은 정 지한 것처럼 보였고 태양마저 숨을 죽이며 지켜 보는 듯했다.

비 온 뒤 쨍하고 햇살이 나는 것처럼 미리와 수아의 눈물이 겨우 그칠 때쯤 웅성거리는 소리가 났다. 수아가 뒤로 물러났다.

히스 장로.

미리는 너무 눈이 부셔서 나무 뒤 그늘로 들어갔다. 노란색 고양이, 줄무늬색 고양이, 까만색 고양이, 회색 고양이, 우윳빛 고양이 등 다양한 색깔의 고양이들이 눈부신 햇살에 모두 흰색 고양이로 보였다. 수백 마리의 고양이들. 삐욜라숲에서 함께 생활하던 가족같은 친구들이었다.

나이가 가장 많은 히스 장로가 앞으로 나왔다.

"미리. 고맙다. 네가 삐욜라숲을 살렸구나."

"네? 그게 무슨⋯."
미리는 어리둥절했다.

히스 할아버지가 미리를 껴안았다. 그리고 등을 토닥여 주었다.

"네가, 네 편지가 우리 삐욜라숲을 살렸단다."

떡갈나무 편지.

할아버지가 가슴에서 조용히 떡갈나뭇잎 편지지 한 장을 꺼내 놓았다.

"네가 포미랑 소리에게 보낸 편지가 시작이었지. 편지에는 우리가 알지 못하는 뭔가가 있었어. 너는 몰랐겠지만 네가 떠날 때 포미와 소리도 아픈 상태였단다. 그러다 네가 떠난 뒤로는 급격히 상태가 나빠졌지."

처음 듣는 이야기였다. 수아가 숨겼을까? 아니, 어쩌면 포미와 소리가 숨겼을지도 모른다. 미리는 돌멩이병에 걸렸다고 혼자만 해스숲으로 떠난 게 미안해졌다. 아니, 미안한 정도가 아니라 엄마로서 큰 죄를 지은 것만 같아 고개를 들 수 없었다.

"아니, 아니, 괜찮아. 네가 잘못한 게 아니야. 너는 몰랐잖아."

히스 할아버지가 미리를 위로했다. 그리고 말을 이었다.

"포미와 소리는 네가 보낸 편지를 받고는 펑펑 울었지. 편지에는 울게 만드는 힘이 들어 있었어. 눈물을 흘리는 것과 우는 것은 차원이 다르지. 운다는 것은 슬픈 것과도 차원이 달랐어.

우리는 지금까지 우는 법을 몰랐어. 슬퍼할 줄 알고 눈물 흘릴 줄은 알았지만, 진정으로 우는 법을 몰랐어. 왜냐하면 우리는 평생동안 편지 한 통 보내지 않고 잘만 살아왔으니까 말이야."

콜록콜록. 할아버지가 얕은 기침을 했다. 모든 고양이들이 자기가 받은 편지를 들고 있었다. 커다란 떡갈나무 잎에 하얀 민들레 진액으로 새겨진 글씨가 빼곡하게 차 있었다.

"그런데 편지는 또 웃게 만드는 힘도 가지고 있었어. 처음에는 울면서 읽었고, 두 번째 다시 읽을 때는 웃으면서 읽었지. 그리고 세 번, 네 번, 다시 읽을수록 몸이 좋아지기 시작했어.

수아가 말했어. 아마 편지의 힘일 거라고. 미리가 편지를 보낸 것은 그런 뜻이 있을 거라고.”

“어쩌면 그럴지도 몰라요. 해스숲에 있는 멀루 의사가 처방한 것이 편지쓰기였으니까요.”

삐욜라숲.

“우리들 몸이 좋아지기 시작하니까 숲도 살아나기 시작했지. 이제 아무도 사람들이 사는 마을로는 내려가지 않아. 더이상 그렇게 할 필요가 없으니까.”

눈을 돌리자 그제서야 삐욜라숲이 눈에 들어왔다. 몸이 아파 숲을 떠날 때의 삐욜라가 아니었다. 봄을 맞은 삐욜라숲은 미리가 예전의 건강한 모습으로 돌아온 것처럼 완전히 옛 모습을 되찾은 상태였다.

먹을 것.

더 이상 그 문제로 고민할 필요가 없어졌다. 숲이 회복되자 식사 문제는 저절로 해결되었다. 힘을 북돋아 주는 개박하도 가득했고, 편지지로 애용되는 커다란 민들레 잎과 떡갈나무도 파릇파릇 이파리들을 내밀고 있었다.

마을로 가는 길.

미리는 집으로 돌아오자마자 마음 아저씨가 보고 싶어졌다. 고양이들이 더 이상 마을로 내려가지 않아 마을로 가는 길은 수풀이 무성했다. 최근에는 거의 마을에 다녀간 고양이들이 없었는지 마을로 가는 길은 흔적이 남아있지 않았다.

마을로 가는 길이 맞는지 확인하기 위해 나무에 다가가 한참 동안 냄새를 맡았다. 그러면 오래전 수아나 포쉬가 지나가며 영역표시를 해 놓은 냄새가 희미하게 났다. 수아 냄새라고 단정하기보단 그 친구 것이라고 추측할 수 있는 정도에 불과했다. 이쪽으로 가야 할지 저쪽으로 가야 할지 판단하기 어려운 갈림길들도 나타났다.

그럴 때면 조용히 눈을 감고 바람을 기다렸다. 바람은 나무 속에, 돌멩이 속에 깊숙이 배어있는 친구들의 냄새를 마술처럼 끌어내어 코앞에 불쑥 던져주곤 했다.

마을로 가는 길은 해스숲을 찾아가는 것만큼이나 힘든 여정이었다. 입에서 단내가 났다. 미리는 강아지들처럼 혀를 길게 늘어뜨렸다. 우아한 고양이가 이처럼 피곤한 몰골이 되다니. 마음 아저씨가 사는 곳이 가까워지자 그늘진 계단에서 잠시 쉬어가기로 했다.

오랜만에 만나니 더 씩씩하고 행복한 모습을 보여주고 싶었다. 길 아닌 길을 더듬어 오면서 나뭇가지에 찔리고 바람에 헝클어진 털 뭉치 그대로 만날 수는 없었다. 혀를 내밀어 털 위에 뭉쳐 있는 작은 먼지들을 핥았다. 몸 전체를 닦아 내는 데 꽤 오랜 시간이 걸렸다. 그렇지만 포기할 수 없었다.

털은 원래 회색 고양이였다고 오해할 만큼 여전히 우중충하게 보였다. 쉼 호흡을 하고 다시 한번 털을 매만지기 시작했다. 지는 햇빛에 조금씩 반짝거리는 털이 곤두서기 시작했다.

태양이 지기 전에 가야 했다. 미리는 벌떡 일어났다. 이제 마을에서 마음 아저씨를 찾는 것은 식은 죽 먹기였다. 물론 고양이 입장에서 보면 식은 생선 먹기 같이 쉬운 것이겠지만,

먼산바라기.

누구를 기다리고 있었던 걸까. 먼산바라기를 하는 아저씨의 옆얼굴이 붉게 빛나고 있었다. 마음 아저씨는 마지막 남은 햇살이 아쉬운 듯 아파트 숲 아래로 떨어지는 태양을 하염없이 바라보며 서 있었다.

가까이 다가가자 붉게 빛나던 아저씨의 얼굴에서 광채가 사라졌다. 그 사이 이마에는 주름살도 두어 개 더 늘어나 있었고, 흰머리도 많이 보였다.

"안녕. 다시 돌아왔구나."
아저씨는 어제 헤어진 뒤 오늘 다시 만난 것처럼 그런 웃음을 지었다.

"나 때문에 많이 걱정한 거 알아요."
미리는 편지를 내밀었다.

"내게 쓴 거니?"

"냐옹."

아저씨는 그것이 미리가 쓴 마음의 편지라는 걸 알았다. 손가락으로 글자들을 하나씩 만졌다. 떡갈나무 잎에 하얀 민들레 진액이 촘촘히 박혀 있었다. 한 글자라도 새어나가면 문장이 완성되지 않을 것처럼 진액은 잎맥과 잎맥 사이 미세한 돌기들 안에 견고하게 앉아 있었다.

사실 글자들은 흰색 점으로밖에 보이지 않았다. 돋보기로 한참을 들여다보아야 점들의 변화를 눈치챌 수 있을 정도였다. 그러나 서로 다른 글자라는 사실은 명백했다. 글자들은 이파리 안에서 강물처럼 이어지고 끊어지고 다시 만났다.

긴 호흡이었다.

"소풍날이 되면 할머니가 김밥을 싸주셨지. 그때 이 떡갈나무 잎을 위아래로 깔아주고 덮어주었어. 날씨가 더우면 상할 수 있다고 그랬지. 근데 정말 그런 효과가 있었는지는 몰라. 어릴 때는 뛰어놀고 아무거나 막 먹고 그랬거든. 탈도 나지 않았고."

"그냥,
떡갈나무 잎을 보면 할머니가 생각 나.

등이 굽어서 집 뒤의 동산을 오를 땐 몇 번이나 걸음을 멈추고 바위에 앉아 쉬어야 했지. 그렇게 굽은 등으로 떡갈나무 잎을 따셨어. 손자를 생각하면서 말야."

12

사료.

생선찌개 그릇이 보이지 않았다. 대신 가게 앞에는 집고양이들이 먹는 사료가 가득 담겨 있었다.

"먹어볼래?"

미리는 고개를 흔들었다. 삐욜라숲 고양이들은 절대 고양이 사료를 먹지 않는다. 그건 먹이가 아니다. 사료다. 영양분은 압축되어 있을지 몰라도 사료 그 이상을 벗어날 수 없다. 먹이는 살아 움직이는 생명체에 붙이는 이름이다. 그것이 설

령 풀일지라도 그렇다. 고양이를 미치게 하는 개박하일지라도 먹이는 생명을 품고 있어야 했다.

"미안해. 바다 건너 일본이라는 곳에 큰 사고가 생겨 더 이상 생선을 먹을 수 없게 됐어."

아저씨는 진심으로 미안한 표정을 지었다.

"아뇨. 저도 이제는 생선찌개를 먹지 않아요."

미리는 아저씨를 조용히 바라보았다. 혀로 입술과 코를 핥지도 않았다.

꿈.

"건강해졌구나."

아저씨는 미리의 머리를 쓰다듬었다. 미리는 아저씨의 손을 핥았다. 반가움과 믿음의 표시였다. 미리는 낮은 목소리로 가르릉거리는 소리를 냈다. 기쁨의 울음소리는 목을 통해 아저씨의 손끝으로 전해졌다.

"다음 주면 이곳을 떠나 멀리 간단다. 너를 만나지 못하고 가면 어쩌나 하고 많이 걱정했어. 그런데 이렇게 건강한 너를 보니 안심이구나."

마음 아저씨의 목소리가 연한 물빛으로 변해갔다. 촉촉해진 물빛 목소리는 미리의 마음속에 흘러 들어가 찐득찐득한 진흙으로 변했다. 미리 마음속에 흩어져 있던 의심과 불안과 미안함이 모두 진흙 알갱이에 엉겨 붙었다.

"편지를 보낸 적이 있었어. 내일의 꿈이라는 이벤트였어. 지금은 아니지만 미래의 창작자에게, 예술가라고 생각하는 사람들에게 작업실을 무료로 빌려준다고 했지. 그래서 네 이야기를 써서 보냈단다. 지금은 아니지만 예술가의 꿈을 안고 살아가고 있었다고. 근데 미리라는 고양이가 내가 나임을 잊지 않게 해주었다고. 그래서 그 꿈을 꼭 이루고 싶다고 말했지.

너는 몰랐겠지만 너와의 만남은 내 삶을 지탱해주는 지렛대와도 같았어. 너를 위해 생선찌개를 준비할 때면 온몸에 기뿜이 차올랐어. 네가 맛있게 그릇을 비우면 나는 평온해졌고 마음이 정돈된 상태에서 다시 작업에 몰두할 수 있었단다."

처음 듣는 이야기였다. 자신이 다른 누군가에게, 그것도 사람에게 어떤 의미가 될 수 있다는 게 믿어지지 않았다. 돌멩이병에 걸려 온통 그 생각만 가득했던 내가 아저씨에게 삶의 계기를 제공했다니, 미안하고 감사했다.

"오늘 아침에 기적처럼 답장이 왔구나. 작업실로 들어오라고. 다섯 명의 미래 예술가로 선정되었다고. 가기 전 너에게 이렇게 말하고 갈 수 있어 다행이구나. 아쉽지만, 나는 멀리 떠나야 하는구나."

이별.

컥, 컥.

미리는 기침하듯 털뭉치를 뱉어냈다. 혀끝으로 수년 동안 털을 단장하며 삼켜온 결과물치고는 빈약했다. 털뭉치에는 미리의 삶이 화석처럼 고스란히 축적되어 있었다. 나이테처럼 층별로 털 색깔이 점점 짙어졌다.

미리는 자신의 몸이 깃털처럼 가벼워지는 것을 느꼈다. 저울을 재보지 않았지만 아마도 1그램도 채 되지 않을 것이다. 가벼운 털뭉치 하나가 몸에서 빠져나왔을 뿐인데 남아있는 몸이 절반도 되지 않는 것만 같았다.

우주 끝까지라도 날아갈 수 있지 않을까? 모든 육체적 고통이, 심리적 불안이, 삶의 억울함이 한순간에 털뭉치로 변해 사라져버린 것만 같았다. 시원했다. 그리고 섭섭했다. 아저씨와 헤어질 수밖에 없다는 사실은 거대한 벽이 되어 미리 앞에 놓여 있었다.

희망.

냐옹.
가게 안에서 고양이 소리가 들려왔다.

"얼마 전이었지. 비가 오는 날이었어. 비가 그렇게 많이 온 건 아닌데, 이상하게 춥고 으슬으슬 한기가 드는 날이었지. 그래서 문을 일찍 닫으려고 했는데 저 녀석이 가게 앞에서 울고 있지 뭐야. 추운지 부들부들 떨고 있었어. 엄마 아빠는 영

131

영 나타나지 않았어. 그렇지만 희망을 버리진 않았어. 엄마가 언젠가 나타나리라고 생각했거든. 그래서 이름도 '희망이'로 정했지. 녀석을 부르면 꼭 희망이 생기는 것 같아서."

미리는 조심스레 가게 안을 들여다보았다. 희망이는 흰색 몸통에 까만 줄무늬가 간간이 섞여 있는 새끼 고양이였다. 태어난 지 3개월가량 지난, 아직 엄마 젖을 먹어야 하는 새끼였다.

그런데 아파 보였다. 미리는 한눈에 알아볼 수 있었다. 돌멩이병이었다. 저렇게 어린데, 돌멩이병에 걸리다니. 미리는 충격과 놀람에 잠시 어질해졌다.

"병원에 데리고 갔어. 그런데 수의사가 그러더군, 길고양이가 사람과 함께 생활하면 때묻지 않은 고양이들이 이 병에 잘 걸린다고. 사람들이 입고 먹고 보고 생활하는 모든 것이 고양이들을 공격한다고. 너무 순수한 고양이들은 살아남지 못한다고 하던데 내가 해줄 수 있는 게 없어서 말이야."

마음 아저씨의 목소리는 벌써 빗물처럼 젖어 있었다. 아무것도 해줄 수 없는 안타까움이 밀려와 미리에게 전해졌다.

"제가 데려갈게요. 제가 엄마가 되어줄게요."

미리는 희망이의 목덜미를 가볍게 물고 가게 밖으로 나왔다.

"엄마?"

희망이가 눈을 떴다. 미리는 혀로 희망이의 목덜미와 이마를 핥아 주었다. 희망이가 부르르 떨었다. 따뜻한 온기는 희망이의 온몸에 구석구석으로 번져갔다. 미리는 자신의 몸을 닦듯이 희망이의 온몸을 깨끗하게 씻어주었다. 그리고 떡갈나무 편지지에다 편지를 쓰기 시작했다.

"희망아.
나랑 같이 삐욜라숲에 가지 않을래?"

"냐옹."

희망이는 눈을 번쩍 떴다. 미리는 앞장서 걷기 시작했다. 희망이는 비척거리며 일어섰다.

"냐옹."
마음 아저씨를 향해 깊은 인사를 했다.

"냐옹.
좋은 가족을 보내주어서 고마워요."
미리도 아저씨에게 인사를 했다.

안녕.

"잘 가."

마음 아저씨는 햇살을 마주하고 있어 눈을 찡그렸다. 얼굴을 찡그려야 떠나는 미리와 희망이를 볼 수 있었다. 손바닥으로 하늘을 가린 채 미리와 희망이를 쳐다보고 있다. 미리와 희망이는 어느새 점으로 변했다. 보이지 않는 발자국만 총총총 가슴에 남았다.

햇살은 조금씩 더 기울어졌다.

작가의
말

딱히 초등학생이거나 중고등학생, 어른들과 같은 어떤 대상을 설정하고 쓴 작품은 아니었습니다. 어른이 읽기에는 다소 유치해 보일 수 있지만, 마음이 따뜻한 어른이라면 자녀와 함께 읽을 수 있겠다고 생각했습니다. 문장이 조금 딱딱해도 책을 많이 읽어온 아이들이라면 쉽게 읽을 수 있겠다는 생각이 들었습니다.

〈삐욜라숲의 고양이들〉은 2009년에 처음 세상에 태어났습니다. 제 상상 속에서 세상 밖으로 처음 나온 것이지요. 그러나 쉽게 마무리되지 않았습니다. 그렇게 끙끙거리다가 2016년이 되어서야 겨우 마침표를 찍을 수 있었답니다. 무려 7년이나 걸렸지요. 하지만 마지막 부분이 영 마음에 걸렸습니다. 그때는 편지를 쓰고 삐욜라숲이 회복되는 것으로 작품은 끝이 난 상태였거든요. 그대로 끝을 맺기엔 영 아쉬워서 완성된 작품이라고 누군가에게 보여주지도 못했습니다. 그렇게 〈삐욜라숲의 고양이들〉은 오랜 기간 책상에서 잠을 잤답니다. 아직은 세상에 나올 때가 아니었던 거죠.

그렇게 쿨쿨 잠을 자던 삐욜라숲의 고양이들이 조금씩 꿈틀거리기 시작했습니다. 아무리 잠을 좋아하는 고양이라도 계속 잠만 잘 순 없었거든요. 그러다 마지막으로 '희망이'를 만났습니다. 절망에서 희망으로 바뀌는 순간이 찾아온 것입니다. 친절한 마음 아저씨와는 이별해야 했지만 엄마 아빠를 잃은 희망이를 만나는 기쁨이 기다리고 있었습니다.

주인공은 '미리'라는 고양이입니다. 사람들이 사는 마을 어딘가에 숨겨진 숲, 삐욜라숲에 살고 있는 볼리타족 고양이입니다.

하지만 자세히 들여다보면 고양이들의 행동이며 생각이 우리 인간과 별반 다르지 않다는 것을 알아차릴 수 있을 거예요. 맞아요. 고양이 미리나 수아는 바로 책을 읽고 있는 나 자신이랍니다. 아름답게 창조된 이 세상은 인간들이 잘 가꾸고 돌보지 않아서 점점 나빠지고 있답니다. 환경이 파괴되면 그 피해는 고스란히 우리에게 돌아오죠. 우리 후손들은 어쩌면 더 이상 꽃을 보지 못할 수도 있어요. 고양이를 알지도 못할 수도 있답니다.

풀과 꽃, 그 식물을 먹는 동물, 그리고 사람은 모두 하나의 끈으로 연결되어 있어요. 하나가 망가지면 다 영향을 받는답니다. 심지어 도시에서 우리와 함께 살아가는 길고양이들도 마찬가지예요.

만약 우리 주변에서 길고양이가 모두 사라진다면, 지구도 생명을 잃고 말 거예요. 우리는 지구를 아름답게 가꾸고 지켜나갈 책임이 있어요. 길을 가다가 고양이를 만나면 반갑게 손을 흔들어 주세요. 희망이가 지나가고 있을지 어떻게 알겠어요?

책은 종이로 만들어지고, 종이는 나무로 만들어지죠. 그래서 책 한 권 펴내는 것은 더욱 조심스러운 일이랍니다. 부족한 작품을 세상에 빛을 볼 수 있도록 도움을 주신 모든 분께 감사를 드립니다. 나무를 베어 책을 펴낸 이 아픔이 허공에 사라지지 않도록 많은 분께 기쁨과 감동을 주는 책이 되면 좋겠다고 생각합니다.

얇고 작은 책이라서 후루룩 국수 먹듯이 금방 읽어 버릴 수도 있지만 조금은 천천히 긴 호흡으로 읽어주시면 좋겠어요. 신이 인간에게 선물로 준 이 귀한 자연을 어떻게 하면 더 아름답게 지키고 후손에게 물려줄 수 있을지 생각하면서 말이에요.

삐욜라숲의 고양이들

1쇄 발행 2023년 9월 18일

지은이 | 이태훈

펴낸이 | 우지연

펴낸곳 | 한사람북스

편   집 | 임미경 송희진

디자인 | 김선희 샘물

출판등록 제2023-000122호

주   소 서울시 서초구 마방로 6길 13

홈페이지 https://hansarambook.modoo.at

블 로 그 https://blog.naver.com/pleasure20

I S B N   979-11-93356-00-5